Coordinador de la colección: Daniel Goldin
Diseño: Joaquín Sierra, sobre una maqueta
original de Juan Arroyo
Diseño de portada: Joaquín Sierra
Dirección artística: Mauricio Gómez Morín

A la orilla del viento...

Primera edición en alemán: 1992
Primera edición en español: 1996

Título original: *Mirko und das Mammut*
© 1992, Arena Verlag GmbH, Würzburg, Alemania
ISBN 3-401-01732-2

ISBN 968-16-4725-4
Impreso en México

ELISABETH
HECK

ilustraciones de
Eric Beltrán
traducción de
Mela Cevallos

Mirko y el mamut

FONDO DE CULTURA
ECONÓMICA

Capítulo 1

❖ ¡EL ANIMAL GIGANTE!

¡El mamut!

Primero se escuchó su grito: un fuerte trompetazo.

Luego el bosque crujió: eran sus pesados pasos.

De todas partes los niños corrieron a refugiarse en la cueva.

Los cazadores se prepararon a toda prisa.

Pero, ¿servirían sus armas contra el gigante?

Todas las flechas rebotaban en su piel gruesa.

Escondidos tras el fuego,
a la entrada de la cueva, los
hombres vigilaban lo que
ocurría afuera.

—¡Si lo cazamos
podríamos matarlo! —dijo
Repu, uno de los jóvenes.

Entonces se les ocurrió un plan.

—Haremos un gran hoyo y lo cubriremos con ramas.

—Sí, cerca del río. Así, cuando tenga sed y vaya a tomar
agua, pisará las ramas y caerá.

—Cuando esté dentro del hoyo ya no podrá defenderse,
entonces lo mataremos.

Repu se entusiasmó con el plan de los cazadores.

Pero Mirko, su hermano, preguntó:

—¿Por qué hay que matarlo?

Y le explicaron:

—Porque así tendremos carne durante mucho tiempo,
la asaremos, tú también podrás comer hasta saciarte y crecerás
grande y fuerte.

Mirko volvió a preguntar:

—¿Ese mamut es grande y fuerte porque mata muchos
animales y devora su carne?

—Él se alimenta de plantas, no de carne —contestó la anciana.

—Y aun así es grande y fuerte —murmuró Mirko. Luego pensó: "Aunque sea enorme yo creo que no es tan peligroso".

La anciana lo miró largamente. ¡Como si lo traspasara y adivinara sus pensamientos!

Mirko había escuchado que la mujer era muy sabia. Sí, también podía ver el futuro.

Ella se acercó a Mirko y le susurró al oído:

—Tal vez tú seas ése.

¿Le confiaba un secreto?

Mirko escuchó muy atento a la anciana sabia.

—Uno de nuestros cazadores no le temerá al animal gigante, y montado en su lomo lo llevará lejos de aquí, a otras tierras.

—¡Ahí viene! —gritaron los guardias y se refugiaron en el interior de la cueva; Repu brincó y Mirko se apretujó con él cerca de la entrada. Entonces pudo verlo: el resplandor de la tarde iluminó al oscuro y melenudo coloso.

Dos colmillos largos y arqueados centellearon y se escuchó el estruendo de árboles al caer.

Los demás, escondidos tras el fuego, se miraron entre sí temerosos. Algunos niños gritaron asustados y corrieron a acurrucarse con la anciana.

Pero Mirko no se movió de su lugar; sólo exclamó asombrado:

—¡Qué grandioso es el mamut, por su tamaño y fuerza! ❖

Capítulo 2

❖ A LA MAÑANA siguiente, muy temprano, los cazadores salieron cautelosos a explorar los alrededores.

¿Hacia dónde se había ido el animal gigante, el mamut?

Los cazadores más viejos relataron:

—Cuando éramos jóvenes se veían muchos mamuts cruzar por nuestras tierras; ahora es raro ver alguno, tal vez éste sea el último.

Y entonces acordaron:

—¡Su carne debe ser sólo nuestra! Todavía debe estar cerca. Rápido, ¡hagamos la trampa!

Estar afuera era peligroso, por eso los niños permanecieron resguardados en torno de la anciana. Ella les contaría historias de gigantes.

¡Ah!, pero faltaba uno: Mirko.

¡Claro, Mirko, el testarudo!

Las mujeres se preguntaron.

—¿Se habrá ido tras los cazadores?

—¿Estará viendo cómo hacen la trampa?

De pronto escucharon a lo lejos el grito de caza: "*¡Eiiuuu! ¡Eiiuuu!*", y se estremecieron.

¿Rondaría por ahí el animal gigante, el monstruo?

Más tarde los cazadores volvieron presurosos a resguardarse en la cueva. Ahora sabían dónde estaba el mamut. De camino al río siguieron sus huellas y encontraron el mejor lugar para la trampa. Cavaron con empeño e hicieron un gran hoyo.

Esperarían junto al fuego, lejos de la trampa del temible mamut. Más tarde saldrían a ver si ya había caído.

Mientras tanto, todos juntos, preparaban sus armas.

Repu se alegró de poder participar en la salvaje cacería.

¡Ah! pero otra vez faltaba uno: Mirko, ¡Mirko el desafiante!

Temiendo por su vida, esperaron su regreso. ❖

Capítulo 3

❖ PERO MIRKO no volvió.
En secreto, permanccció
escondido lejos, en el sitio
donde los cazadores habían
visto el mamut.

Desde su escondite, en un
risco, Mirko tcnía una
buena vista. Así podría
ver pasar, muy de cerca,
al magnífico y poderoso
animal.

Mirko vigilaba. De repente
escuchó crujir el bosque,
el follaje se movió, los
árboles se tambalearon

y unos pájaros alzaron el vuelo. Pronto apareció: ¡un coloso, el animal gigante!

El mamut movió de un lado a otro su enorme cabeza balanceando sus peligrosos colmillos.

¿Por qué se detuvo? ¿Es que lo había descubierto con sus pequeños pero atentos ojos? ¿O tal vez lo había olfateado? Lo cierto era que estaba muy cerca de él. Con su trompa rozó la roca; Mirko se replegó contra el musgo. Después la trompa tocó su espalda; Mirko contuvo la respiración. Luego lo sujetó, lo lanzó al aire y el chico cayó en la copa de un árbol.

Entre el follaje, Mirko sólo pensó en trepar muy alto; "¡que su trompa no pueda alcanzarme!"

Los ojos del gigante brillaron y con sus colmillos sacudió el tronco. Mirko se asustó. Con su fuerza podría tumbar el árbol, y aplastarlo con sus pesadas patas.

¡Debía bajar de ahí!

Saltó sobre el animal y rápidamente intentó ocultarse entre la espesa melena. Entonces, con su larga trompa el mamut tomó agua de un charco cercano y la roció sobre su lomo.

¡Un baño para Mirko!

Se sacudió el agua y se sujetó con fuerza del pelaje. ❖

Capítulo 4

❖ MIRKO todavía tenía miedo.

¿Cómo podría librarse de su montura gigante con temibles colmillos?

¡Qué sonoros trompetazos!

¡Y cómo aplastaba la maleza!

Con grandes pasos el mamut se dirigió hacia el río.

Mirko sabía que ahí estaba la trampa. Entonces lo imaginó: "Cuando se acerque a beber, pisará las ramas que cubren el hoyo y caerá. Entonces los cazadores vendrán, cantarán jubilosos y lo rodearán para matarlo con piedras y flechas."

—¡No! —gritó Mirko.

El mamut se detuvo como si hubiera entendido.

"Tengo que desviarlo, llevarlo en otra dirección", decidió Mirko.

Se colgó de una rama, y trepó ágilmente. El mamut volvió la cabeza hacia él. Mirko gritó y se fue alejando de rama en rama. Los ojos del gigante brillaron. Con su trompa rozó el follaje. Mirko se quedó quieto, luego dio un grito y se alejó del río. Para Mirko esto se convirtió cada vez más en un juego; pero un juego muy

peligroso: ¡una y otra vez su trompa lo buscaba; y una y otra vez él se escabullía!

Mirko volvió a saltar sobre el animal y cayó entre la melena.
 ¿Lo esperaba el mamut? El gigante siguió su camino, dejando atrás la trampa mortal.

Llegaron a un pequeño lago, y ¡por fin logró saciar su sed!
 Su trompa de nuevo roció agua sobre su lomo: ¡otro baño refrescante para Mirko!

Mirko pensó en regresar a casa, pero debía escapar inadvertido. Entonces se deslizó por su pelaje hasta tocar el musgo.

El animal gigante se volvió bruscamente; sus pequeños ojos miraron con atención.

¿Lo atraparía otra vez?

"Si me sigue de regreso caerá en la trampa de los cazadores. No quiero que maten a mi grandioso animal", pensó Mirko. Mientras tanto se retrasó en su camino y el mamut lo volvió a atrapar con su trompa. Pero ahora no lo lanzó al aire como la primera vez. Él mismo lo posó en su lomo. Mirko era su pequeño jinete.

Mirko ya no le temía y no se volvió a esconder entre su pelaje. Ahora, como si fuera en un trono, iba sentado orgulloso sobre él.

Poco a poco aprendió cómo guiarlo: un tirón a la melena, una palmada en un colmillo y el mamut andaba por donde Mirko le indicaba. Poco a poco se acoplaban: el pequeño Mirko y el gigantesco animal.

Lo guió lejos de la cueva de los cazadores, y de las trampas alrededor de ríos y lagos. Diligente lo condujo a través de la maleza o, entre las rocas, por caminos estrechos.

Cuando apareció un coloso oscuro, de figura poderosa, unos hombres huyeron gritando. Pero luego atacaron; Mirko se escondió entre el pelaje, fuera del peligro de las flechas. ¡Pero el mamut estaba furioso! y Mirko pensó: "Bueno, el mamut se alimenta de plantas. En todo el camino, hasta ahora, no ha devorado un solo animal. ¿Y acaso no es el más fuerte de todos? ¡Podría aplastarlos

fácilmente!, sin embargo los hombres quieren comer su carne, por eso buscan cazarlo. Aunque, ¿querrían también a su pequeño jinete?"

Se puso muy triste de pensarlo.

Día con día se encariñaba cada vez más con el gigante y éste se acostumbró a él, pues no iba a ningún lado si Mirko no montaba su lomo. También alcanzaba fruta de los árboles y esperaba mientras Mirko recolectaba moras o nueces.

A veces se refrescaban en el agua; Mirko tomaba de sus manos y el mamut con su trompa, ¡y les divertía salpicarse!

Un día, llegaron al límite del bosque. Mirko se sorprendió: era la primera vez que veía otra aldea, casas rodeadas de praderas y campos. Eran casas grandes y sólidas ¡hechas de troncos, ramas, barro

y paja! También los campos eran nuevos para Mirko, no eran como los claros del bosque que hasta ahora había visto.

De pronto vio a una muchacha trabajando en el campo, que se agachaba una y otra vez.

"¿Qué hierbas recoge?", se preguntó maravillado.

Entonces se escondió en la melena del mamut.

"De seguro la muchacha se asustará y se irá corriendo cuando vea al mamut", se imaginó Mirko.

Atisbó entre el pelaje, esperaba un grito aterrador, pero ¡qué raro!, la muchacha ya había visto al gigante y no huyó despavorida. Mirko le hizo una seña con la mano y la joven se acercó sin miedo .

Al darse cuenta, los habitantes de ese lugar se apresuraron hacia ellos, pero no traían armas ni hacían el grito de caza, al contrario, se veían contentos y celebraban:

—¡El último mamut!

—¡Está vivo!

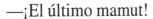

Mirko supo entonces que era ahí donde quería permanecer; quizás ésta era la tierra de la cual le había hablado la anciana sabia.

Todos recibieron con gusto a Mirko. Admiraron la manera en que había guiado al gigante sin violencia, como a un amigo. Confiaron en él y le mostraron sus viviendas, los trigales, las hortalizas y hasta los graneros. Estaban contentos de que Mirko se quedara con ellos.

El trabajo del campo era pesado y difícil, pero no para el mamut que junto con Mirko se volvió muy útil. El mamut se divertía

arrancando de raíz los árboles para preparar la tierra de cultivo. Para él era un juego llevar pesadas cargas como vasijas con agua o troncos para construir casas.

Mirko silbaba una melodía. El mamut meneaba la enorme cabeza y sus colmillos se movían de un lado a otro, como si bailara, y una muchachita les acompañaba cantando en el trabajo del campo.

¿Una vida nueva y apacible?

Un buen día Mirko recibió una sorpresa:

¡Los cazadores de su tribu!

¿Estarían buscándolo? Los aldeanos los recibieron como amigos y les dieron regalos.

No sospechaban que los cazadores iban con malas intenciones.

En los últimos tiempos habían cazado muy poco, por eso decidieron robar los graneros de los aldeanos. Ni una guerra los haría desistir. ¡Ah! pero ahí estaba el mamut; él cuidaba la aldea. Al coloso oscuro sí que le temían.

Los cazadores volvieron a su cueva y dejaron al hermano de Mirko. Tenían un plan: Repu debía hacerse amigo del mamut. Así podría llevar al gigante

hasta una trampa y los aldeanos se quedarían sin protección.
Los tomarían por sorpresa y robarían sus graneros.

Mirko ignoraba el plan. Sin sospechar, se alegró de que su hermano Repu quisiera quedarse con él.

¡Uno de los suyos! Lo dejó montar a su lado sobre el lomo del gigante.

¿Podría acostumbrarse a esto?

Repu aún tenía tiempo para dominar al mamut. Para la siguiente luna llena debía llevárselo de ahí. Entonces los cazadores pelearían con los aldeanos.

Por fin llegó el día: ¡la luna llena!

La noche era clara y fría. Repu conduciría al mamut a los pantanos cubiertos por una delgada capa de hielo. Estaba inquieto, pues no podía

guiarlo tan bien como Mirko, además el animal no estaba acostumbrado a salir de noche. Irritado, lanzó un fuerte trompetazo, y Repu se escondió entre la melena.

Mirko despertó, ¿era el "trompetazo" de su mamut? Mientras tanto, los cazadores esperaban en el bosque tras los pantanos.

Mirko dio un salto: ¿sería un aviso? Corrió hacia donde había oído el trompetazo, lejos de la aldea. Entonces lo vio: ¿quién iba sentado en su lomo?, ¿era Repu? Quiso llamarlo, pero se contuvo y prefirió seguirlos a escondidas. Mirko sospechó la traición.

¡Los pantanos!

¡La capa de hielo!

Mirko comprendió todo: ¡el pesado mamut se hundiría! El hielo soportaría el peso de Repu, pero el mamut no podría librarse. Quedaría indefenso y entonces vendrían los cazadores a matarlo.

—¡No! —gritó Mirko.

El mamut se paró en seco al escuchar su voz. Repu intentó hacerlo andar golpeándole los colmillos. El mamut lo rodeó con su trompa y

lo lanzó, haciendo una curva muy alta por los aires. Al caer se deslizó sobre el hielo y luego salió corriendo; al saberse descubierto se avergonzó tanto que prefirió escapar por detrás de los pantanos.

Los cazadores esperaban con sus armas. Vieron al oscuro y temible coloso a la luz de la luna.

El gigante dio otro trompetazo. Los hombres huyeron asustados.
Nunca más aparecieron por ahí.

Así, Mirko permaneció en la aldea. Nunca olvidó las palabras de la anciana sabia:

—Tal vez tú seas ése. ❖

Índice

Este libro se terminó de imprimir y encuadernar
en el mes de noviembre de 1996 en Impresora y
Encuadernadora Progreso, S. A. de C. V. (IEPSA),
Calz. de San Lorenzo, 244; 09830 México, D. F.
Se tiraron 5 000 ejemplares.

Fantasmas escolares
de Achim Bröger
ilustraciones de Juan Gedovius

—¡Qué horror! —**gimió Tony.**
—¡Es una pesadilla! —**se lamentó su**
hermana—. El sol brilla, y nosotros aquí en la
escuela.
Apenas podían creerlo, de tan horrible que
aquello les parecía.
Ambos lucían pálidos y temerosos;
terriblemente pálidos. Además tenían un brillo
verdoso y sus ojos eran fantasmagóricamente
rojos...

Achim Bröger nació en 1944. Además de escribir libros
para niños y jóvenes, también escribe obras de teatro
y guiones para televisión. Sus obras se han traducido a más
de quince idiomas. Vive con su familia en Bruswick.

La historia de Sputnik y David
de Emilio Carballido
ilustraciones de María Figueroa

—¿Sputnik? —**Fue entonces cuando el maestro lo
vio, avanzando aprisa hacia él, dando colazos
coléricos.**

—Vamos a ver quién diseca a quién
—**murmuraba entre sus muchísimos dientes.**

El maestro se subió al escritorio.

—Si te lo llevas, te pongo diez y en examen final
—**propuso.**

**Sputnik daba colazos que hacían cimbrar la
tarima y el escritorio.**

—Si no les hace nada a los otros animales y les
pone diez a mis cuates, me lo llevo —**contraofreció
David.**

—¡Todos tienen diez, ya váyanse! —**gritó el
profesor.**

*Emilio Carballido es uno de los más importantes
dramaturgos latinoamericanos contemporáneos. También
es novelista y autor de varios libros para niños.*

Loros en emergencia
de Emilio Carballido
ilustraciones de María Figueroa

El aeropuerto lanzó su amistoso tubo hacia el costado del avión. La portezuela tardó un poco en abrirse. Adentro daban instrucciones en tres idiomas:

—Rogamos a los pasajeros que pemanezcan en sus lugares hasta que la nave esté inmóvil. Manténgase en su asiento y dejen salir en primer término a loros, guacamayas y periquitos.

"¿Y yo qué?", pensaba el pájaro carpintero. Nadie lo había advertido y él era, de algún modo, el responsable de la situación.

Emilio Carballido, dramaturgo, novelista y cuentista, es una de las figuras más vitales de la literatura mexicana contemporánea.

El invisible director de orquesta
de Beatriz Doumerc
ilustraciones de Ayax y Mariana Barnes

El invisible director de orquesta estira sus piernas y extiende sus brazos; abre y cierra las manos, las agita suavemente como si fueran alas… Y ahora, sólo falta elegir una batuta apropiada. A ver, a ver… ¡Una vara de sauce llorón, liviana, flexible y perfumada! El director la prueba, golpea levemente su atril minúsculo y transparente… ¡Y comienza el concierto!

Beatriz Doumerc nació en Uruguay. Ha publicado tanto en España como en América Latina más de treinta títulos. En la actualidad reside en España.

para los que empiezan a leer

Eres único
de Ludwig Askenazy
ilustraciones de Helme Heine

En este libro se cuenta la historia de un erizo que se rasuró las espinas para complacer a su novia, la gata Silvina; la de un elefante olvidadizo que se hacía nudos en la trompa para recordar; la de un ciervo que prestó su cornamenta para hacer un árbol de Navidad, y las de muchos otros personajes que, como tú, son realmente únicos.

Ludwig Askenazy ha escrito numerosos libros para niños y jóvenes. Actualmente vive en Alemania.